밤이라고 부르는 것들 속에는

안희연

밤이라고 부르는 것들 속에는

안희연

PIN

015

차례

PIN

015

밤이라고 부르는 것들 속에는

안희연

시

전망

   검은 개가 혀를 빼물고 죽어 있는 골목에서 한 사람이 길을 잃는다
   두 사람이 서로의 얼굴에서 악마를 볼 때 나무의 척추가 부러진다
   빗소리는 세 사람을 옥상으로 데려가 죽음이 보낸 초대장을 읽어준다

   그리고
나는 저 문장들을 이해할 수 없다

   그저 씨앗 하나를 심었을 뿐인데
벌어진 일들

사람들은 내가 괴물을 길렀다고 했다
이 모든 게 나의 손끝에서 시작된 일이었다고

제자리로 돌려놓을 수 없다면

제발 자신을 죽여달라며 각목을 내미는 노인도
있었다

아이들은 몰래 담장을 넘어와 화단의 모든 싹을
짓밟고 달아났다

어떤 눈빛이었을까

네 사람이 절름발이 개를 사정없이 걷어찰 때 다
섯 사람의 집이 태풍에 날아가고

여섯 사람이 불 속에 갇힐 때 창고 문을 걸어 잠
그며 들려오는 웃음소리

그 씨앗은 나의 마음속에 있다

얼굴을 보여준 적 없는 거울 앞에서
심장에 악의가 스미는 속도를 측정하는 일

씨앗에서 괴물까지의 거리를 오가며
나를 망가뜨리려는 여름과 싸우고 있다

시간의 손바닥 위에서

"다녀갔어."

그렇게 시작되는 책을 읽고 있었다 누가 언제랄 것도 없이 덩그러니

다녀갔다는 말은 흰 종이 위에 물방울처럼 놓여 있었고 건드리면 톡 터질 것처럼 흔들렸다

손을 가져다 대려는 순간 초인종이 울렸다 문밖 엔 두 사람이 서 있었다 일기예보를 통해 날씨를 예 견하듯 미래를 짐작할 수 있다고 했다

나는 미래가 궁금하지 않다며 문을 닫았다 탁자 위엔 읽다 만 책이 놓여 있고 내가 믿을 것은 차라 리 이쪽이라고 여겼다

책을 믿는다니, 나는 피식 웃으며 독서를 이어갔다 "수잔은 십 년도 더 된 아침 햇살을 떠올리며 잠시 울었다." 나는 십 년도 더 된 햇살의 촉감을 상상하느라 손끝이 창백해지는 줄도 모르고

잠시란 얼마나 긴 시간일까 생각하느라 방 안에서 시계가 사라진 줄도 몰랐다

서둘러 다음 장을 펼쳐보았다 "침묵은 부리 잘린 새처럼 사방에서 회오리쳤다." 부리 잘린 새를 상상하는 건 손목이 시큰거리는 일이었고 벽에는 전에 없던 붉은 얼룩이 생겨 있다

어쩌면 나는 문장과 문장 사이를 잇는 사람은 아

닐까 생각했고 참 이상한 하루라고 생각했지만 **"큰 비가 내렸다"**라는 문장을 만났을 땐 이미 발이 물속에 잠긴 뒤였다

"건너왔어."

그렇게 끝나는 책을 읽고 있었다 창밖으로 보트를 탄 사람들이 지나간다 손전등을 들고 천천히 사방을 살피며 이곳엔 아무도 없는 것 같다고 말한다

12월

겨울은 빈혈의 시간

피주머니를 가득 매단
크리스마스트리 같은 것만 생각나

입김 한 번에 허물어지는 사람들이
이곳엔 너무너무 많다

너무라고 말하지 않고
너무너무라고 말하는 것
그래도 겨울은 눈 하나 끔뻑하지 않겠지

그래서 당신은 무엇으로 살아가는 사람입니까
강도를 높여가는 겨울의 질문 앞에서
나는 나날이 창백해진다

이렇게 텅 빈 마음으로 살아가도 괜찮은 걸까
기도가 기도를 밟고 오르는 세상에서
헐렁헐렁 산책하는 일
검은 비닐봉지에 담긴 축축한 영혼을 나라고 부
르는 일

다행히 겨울은 불을 피우기 좋은 계절이다
나에겐 태울 것이 아주 많고

재가 될 때까지 들여다볼 것이 있어서 좋다

"잘하고 못하는 게 어디 있어, 그냥
사는 거지."
불 앞에서 다 식은 진심을 꿀꺽 삼킬 때

피는 반짝이는 것이다

혼자 왔다 혼자 떠나는 슬픔이 있어 오늘은 거룩한 밤이 된다

피주머니를 가득 매단 크리스마스트리가 그것을 말해준다

내가 밤이라고 부르는 것들 속에는

목을 가누지 못하는 아이가 있다

밤이 되어도 불이 켜지지 않는 집
아이는 자지러지게 울지만
누구도 아이 울음소리를 들어본 적 없다

집은 비탈 아래 있다
    마차에서 떨어져 나온 바퀴가 구르고 구르다
    거기 쓰러져 멈추었을 때
집은 더 이상 발을 내디딜 곳 없어
주저앉은 자의 얼굴을 하고 있다

    산지기는 자주 비탈 위에 서서 지나간 시간을 생각한다
    그는 마차를 타고 달리는 꿈을 자주 꾸는데

낙석으로 길이 끊기는 장면에서 늘 깨어난다
그는 그 꿈의 의미를 알고 싶어 하지만
비탈 아래 무엇이 있는지는 보지 않는다

거기 누구 없어요?
산지기는 오래전 이 산에서 길을 잃었다
위에서 긴 나뭇가지가 내려왔는데
끝없이 오르고 오른 기억밖에는 없는데
천사들이 굴렁쇠처럼 시간을 굴리며 놀고
패를 뒤섞는 장난이 있고

이 모든 풍경을 메마름이라고 발음하는 입술이
있다
울다 잠든 밤이 많은 사람
그는 매일 횃불 묶은 마차를 산속으로 출발시킨다

산의 영혼이 그들을 집까지 인도해주기를 기도
하면서
            그러나 시간은 도착을 모른다
            굴렁쇠를 버리고 집으로 돌아가버린 천사들

모두가 쓰지 않고도 쓰고 있다
온통 검은 페이지 위에서

발만 남은 사람이 찾아왔다

해 질 무렵이었다

오늘도 이렇게 끝이구나
여긴 너무나 깊어 아무도 찾아올 수 없겠구나
그런 생각을 하고 있는데

발만 남은 사람이 찾아왔다
우리는 수심을 알아보기 위해
누군가 떨어뜨린 돌이라 했다

우리는 나란히 앉아
기울어지는 하늘을 보았다

마지막 나무가 뿌리 뽑혀
달의 뒤편으로 끌려가는 것을

없는 얼굴로 본다는 건 어떤 기분일까 궁금했지만
밤을 배운 적 없어도 우리는 이미 밤을 알고 있
었다

그의 발은 차츰차츰 썩어갔다
우리는 돌의 심장부 잠 속에서도 깨어 있어야 해요
쓰다듬으면 부서져 내렸다
이건 시간이라는 거예요 손을 넣어 흙장난을 해
보세요

질문을
쌓았다 허물며

발을 두고 멀어져 가는 그를 보았다

주저앉으면서 가고 있었다

그 후로도 오랫동안 나는
가라앉는 것으로 소일하였다

믿음이 제 발에 걸려
넘어지는 장면을 수시로 목격하였고

해결할 수 없는 일들은 해결할 수 없는 것으로
두어야 해요
이따금 그의 말들은 바람에 실려 돌아왔다

우리는 모두 한 권의 죽음이 되어간다

어느 날 나는 나무가 되었다
머리가 깨질 것처럼 무거웠지만
허리를 땅속에 묻으니 두 손이 자유로웠다

왜 하필 인적 드문 숲의 나무였을까
골몰하는 사이 한 사내가 찾아왔다
거친 숨을 몰아쉬다 쓰러져 잠든

그는 기억을 피해 여기까지 도망쳐 온 것 같았다

가장 가까운 시간부터 차례차례 그를 읽는다
갈피마다 사소한 불행이 끼어 있어
단번에 읽어 내려가기 힘든 책이다

도둑맞은 가방과 비에 젖은 빵

허물어지는 집과 만발하는 아카시아 향기

가슴에 한 사람을 묻고 산길을 걸어 내려오는 장
면에서는
흙 묻은 구두가 유난히 크게 보였다

그는 플랫폼에 서서 세상의 끝으로 가는 기차를
기다린다
호주머니 속의 사랑을 구겨버리고
이름과 질문을 버린다

책은 거기서 멈춰 있다
텅 빈 페이지 밖으로 종달새 한 마리가 날아오르고
소리 없는 울음을 울다 가지 끝에 내려앉는다

모든 길은 하나의 밤으로 이어진다
이번에는 더 복잡한 책이 오고 있다
이 책은 엄마가 잠시 슬픔에 잠긴 사이
아이가 끓는 물을 뒤집어쓰는 장면에서 끝이 난다

불에 그슬려 빛에 찔려 물에 휘감겨
기어이 비참의 일가를 이루겠다는 듯이

말로의 책

말로의 책에는 말로의 이야기가 담겨 있다

말로의 나이와 직업, 식성이나 취미는 물론
　누구에게도 말해진 적 없는 보다 은밀한 부분들
까지

　우리는 말로가
　다리 많은 벌레를 무서워한다거나
　한겨울에도 갑갑해서 양말을 신지 않는다는 것
　사람을 볼 땐 귀의 모양을 세심하게 살피는 사람
이라는 것을 금세 알아챌 수 있다

　그러나 말로는 생각보다 복잡한 인물이다
　말로의 옛 연인은
　사방이 거울로 둘러싸인 방에 데려다 놓아도 그

가 안 보일 것이라고 말한다

　전부 다 알겠다가도 하나도 모르겠는 그가 있어서

　말로의 책은 지겹지 않다

　말로가 자신에게 주어진 길을 언뜻언뜻 비껴날

때마다

　이야기는 보다 알록달록해진다

　하지만 책의 결말이 바뀌는 법은 없다

　말로는 종종 자신이

　누군가의 관상용 어항에 갇힌 물고기 같다고 느

낀다

　모두가 이렇게 뻐끔거리며 살아간다는 생각을

하면

　한 번도 본 적 없는 바다가 그리워진다

창밖이 검은 구름으로 뒤덮이고
잠잠하던 저울추가 빠르게 흔들릴 때

정확히 10분 뒤
말로는 머리 위로 떨어진 벽돌을 맞고 죽는다
말로는 그 사실을 알지 못한 채
바다를 향한 걸음을 성큼 내딛고 있다

이것은 양피지가 아니다

누가 두고 갔을까, 머리맡에
돌돌 말린 양피지 한 자루

펼치면
모래바람이 불어온다

순식간에 발치에 쌓이는
하얗고 부드러운 모래들

부서진 성벽과
폐허가 된 성도 있다

나는 황급히 양피지를 덮는다
그러나 여전히 발치에는 모래가 쌓여 있고
성은 허허로이 서서 달빛을 맞는다

그날이 첫 번째 밤이었다

그 뒤로 하염없이 시간이 흘렀다

떠나온 곳이 어디였는지는 정확히 기억나지 않

지만

나는 여전히 되돌아가지 못하고 있다

쉽게 열리는 시간은 있어도 쉽게 닫히는 시간은

없다는 것

나는 매일 성벽을 수리하고 성에 온기를 불어넣

는다

내가 자초한 것

열망하고 바스러뜨린

풀 한 포기 구름 한 점도 다치지 않은 것이 없다

모두 다 되돌려야 하는 일일 뿐

나는 한 박자 늦은 시간을 살아간다
한 쪽 날개로만 날아다니는 나비들이
또다시 봄이 왔음을 알린다

어깨는 어제보다 더 기울어져 있다
복원을 마치기 전까진 이곳을 떠날 수 없을 것이다

고리

이 방엔 나와 모래시계뿐이다

나는 그것을 뒤집고
다시 뒤집는 일을 한다

머릿속이 우유로 가득 찬 느낌
눈앞이 흐려질 때마다

삶이 정말
이것뿐일 리 없다는 생각을 하게 된다

그렇지만 이 방은 복종에 적합하게 설계되었고
그의 목소리는 끈질기게 들려온다
그는 내 눈동자가 비어 있기를 원한다
작동을 멈추어서는 안 된다고

가만 보니 테이블은 엎드린 사람 같다

모두들 버티고 있다

끊어낼 수 있어야 사랑이 아닐까

내일은 오지 않는 동안에만 내일이라는 것을 알
지만

정답 같은 세계를 움직일 불의 고리*가 되는 일

몸을 태워 부르는 노래들

이런 나의 생각을 읽은 것인지

그가 또다시 일을 도모하고 있다

그가 나의 발목에 체인을 감고 있지만

꿈이겠지

눈을 떠도

안대를 벗어도

불을 켜도

여전히 캄캄하다

* 환태평양지진대

폐쇄 회로

숲에서 한 사람이 죽었다 그곳에 있던 모두가 자신이 범인이라고 주장했기 때문에 모두의 시선이 일제히 나를 향했다 나는 유일하게 침묵하는 자였다

사람들은 동조하기를 원했다 모두의 손에 칼이 들려 있었기 때문에 칼을 든 모두가 자신의 죄를 뉘우치고 용서받았기 때문에 이곳은 두 갈래 길이 되었다 그들을 따라가면 손쉽게 공범이 될 수 있지만 남는다면 홀로 서야 했다

무리 중 한 명이 내게도 칼을 건넸다 나는 생각을 하고 있었다 죽은 사람은 누구이고 그는 왜 죽어야만 했는가 그러나 그들은 생각할 시간을 주지 않았다 이곳은 숲이며 숲은 원래 모호한 공간이라는 말만 반복했다

나는 어쩌다 내가 숲에 들어오게 되었는지를 생각했고 모든 것이 비현실이라고 결론지었다 낮과

밤은 서로를 은폐하기 위해 존재하며 이 숲은 누군가의 펜 끝에서 탄생한 속임수에 불과하다는 생각

　나는 유일하게 의심하는 자였다 무리는 사라지고 없었다

　날이 어두워지고 있었다 숲을 빠져나가면 오두막이 있을 것이다 모닥불을 쬐며 평화로이 잠드는 상상을 했다 이것은 한 위대한 인간의 돌올함에 대한 이야기가 되겠지

　숲은 거듭되는 숲으로 둘러싸여 있었다 가도 가도 똑같았다 나무 뒤에서 복면을 쓴 사람들이 걸어나왔다 이들은 왜 나를 에워싸고 칼을 겨누는 것일까 이야기의 끝이 이럴 리 없는데

펭귄의 기분

등이 검다는 것

펭귄은 그렇게 시작된다

모서리에 머리를 박은 채
불러도 꼼짝 않고 서 있는 것

그것을 펭귄이라 부를 수도 있다

눈 깜짝할 사이에 펭귄은 무섭게 불어난다
나를 빙 둘러싸고 일제히 울음을 터뜨리거나
테이블 밑에 숨어
멀뚱멀뚱 올려다보기도 한다

이 많은 펭귄들은 모두 어디서 왔을까

별안간 시작되었다는 것 외엔
정체를 알 수 없는 감정들

산 것도 죽은 것도 아니다
낯선 시간에 끼어 있다

그러다가도 순식간에 잦아드는 감정들
펭귄들은 뒤뚱거리며 떠나간다
꼭 한 마리는 대열을 이탈해 뒤를 돌아보곤 한다
질문처럼 혹은 숙제처럼

그럴 땐 다시 알 수 없는 기분이 된다
어차피 세상은 해독 불가능한 책이니까

내일은 더 서글픈 동물을 맞이할 수도 있다

벽을 타고 은밀히 내려온다면 거미의 기분이 되
겠지
　어쩌면 도마뱀의 기분
　큰 눈을 느리게 끔뻑이는 하마의 기분일지도 모를,

겨울의 재료들

알약,
고요한 잠 속으로 떨어진다
하루가 참 깊구나
시간의 미끄럼틀을 타고

우물,
우물만큼 잠겨 있기 좋은 장소는 없다
이곳엔 웅크린 아이들이 많아
또박또박 슬퍼질 수 있으니까

너는 어느 계절로부터 도망쳐 왔니
너는 참 서늘한 눈빛을 지녔구나

나와 대화하는 방법은 단순하다
거울을 믿지 않으면 된다

그리고 휘파람,

한 가지 색으로만 이루어진 마음은 스스로를 속
이는 법이니까

번지기 좋은 이름이 되려면 우선

어깨를 가벼이 하는 법부터 배워야겠지

재봉틀, 이 시간을 모두 기워 입고서

비로소 내가 될 때까지

눈 내리는 밤

아무도 밟지 않은 페이지를 골라

편지를 쓴다

"내가 그리로 갈게, 꼭 살아서 갈게."

다행일까 호주머니 속에서 손은 계속 자라고 있다

무엇도 쥐어본 적 없는 손이다

비롯

먼 나라에서 사는 친구에게서 편지가 왔다

"어제 네가 내 꿈에 찾아와서 아주 두꺼운 책을
주고 갔어. 절대로, 절대로 읽지 말라고 하면서."

그 친구의 이름은 여름
나는 검은 비닐봉지를 뒤집어쓰고
너를 생각한다

네 꿈은 어디서 비롯된 걸까
네 편지를 읽는 순간 빗속에 서 있는 것 같았는데
그건 고작 비닐봉지로 피할 수 있는 비가 아니었
는데

배 속에 한 아이를 품고 있는 너

한겨울에도 지겹도록 여름이어야 하는 너를 생각하면

읽지도 못할 책을 건넨 나를 원망하고 싶어진다

새하얗고 따뜻한 것만을 주고픈 마음

이 마음은 또 어디서 비롯된 걸까

접시를 깨뜨린 날엔 벽을 뚫고 끝없이 달려 나오는 기차를 보게 돼

내가 놓친 전부를 싣고 가는

그러니까 보드라울 줄 알고 겁 없이 만진 복숭아 때문에

벌겋게 부어오르는 손이 있다는 것

그건 조심성이 없어서가 아니라

손의 주인도 알지 못하는 시간의 일이라는 것

그리고 묶여 있다는 뜻이겠지
우리의 영혼이

백수를 사신 할머니는 눈이 펄펄 내리는 날
몸을 벗고 방에서 걸어 나갔고
그때부터 나는 나비가 죽음으로부터 비롯된 것
임을 안다

비밀에게도 비밀이 필요한 순간은 있으니
절대로, 절대로 읽어서는 안 될 책을 펼치는 여
름도 오겠지
언젠가의 우리는 지금 이 문장에서 비롯될 것이다

주물

불주전자를 들고 다니는 손이 있다
얼어붙은 영혼의 정수리에
콸콸 불을 쏟고 사라지는

나는 매일 밤 그를 찾으러 다닌다
다신 나를 깨우지 마세요
나에게 진짜 죽음을 주세요

간청해도
얼굴은 녹아내린다

아침은 뭉개진 얼굴을 갖는 시간
의미를 찾아보라고
하루라는 틀 안에 갇힌 우리

굳지 않는 하루는 없다
서둘러 발목 밖으로 발목을 꺼내야 한다

어떤 날은 장미 가시 끝에 맺힌 물방울
어떤 날은 불타버린 집
나도 모르는 내가 되어서

매일 더 낯선 곳에서 멈춰 선다
밤은 얼굴을 부정하기 위한 시간

완벽한 악몽을 제작하려는
신의 담금질은 멈추지 않는다

밤새도록 귓가를 맴도는 망치질 소리
순식간에 발목을 낚아채

물속으로 물속으로 끌고 가는

원더윅스

그때 달은 내게 세상의 비밀을 털어놓았네

사람들이 모두 웃으며 축복을 이야기할 때

차고 기울 것이다 차고 기울 것이다

우리는 모두 시간의 바구니에 담겨 물 위를 떠갈
뿐이라 했지

나는 내 바구니에 이름을 붙여주기로 했네

동전만 한 미래더라도

툭하면 뒤집힐 운명을 타고났더라도

어쨌든 시작됐으니까

하지만 물은 얼음장처럼 차가웠고

얼마 못 가 두 갈래 길이 나타났다네

나를 반으로 나눠야 했지

그렇게 흘려보낸 나를 다시는 볼 수 없었네

길고 지루한 날들이었어

하루는 그림자에게 잡아먹히는 사람을 보았지

배고픈 악어 떼처럼 수면 아래서 유유히 헤엄치
다가

그가 스스로를 단념한 순간 곧바로 삼켜버리더군

텅 빈 눈으로 떠내려가는 사람이 많았네

나는 바늘만 한 믿음 위에서 떨었지

나를 지키는 일

우는 법을 배우느라 뼈가 아팠네

그 믿음에 찔리는 날들도 많았어

두 갈래 길을 지나면 두 갈래 길이 나오고

검은 물감을 풀어놓은 듯

내 안에서 내가 쉴 새 없이 빠져나가는데

차고 기울 것이다 차고 기울 것이다

달의 목소리는 귓가를 떠나지 않고

길고 지루한 날들이었어

어쩌면 나는 그때 세상을 전부 알아버렸는지도

모르지

　이미 한번 죽었는지도

　그럼에도 나는 계속 가고 있다네

　한 방울의 피로도 영혼을 증명할 수 있음을 말하
려고

　나를 둘러싼 어둠이 있어 달의 비호를 받을 수
있다네

　동전만 한 미래더라도

　동전은 언제고 반짝거리는 것이니까

나의 겨자씨

나무 자세를 연습한다

인간의 장기는 감정을 담는 그릇이라는 말을 떠
올리면서

모든 마음을 멈추려 했다 겨자씨가 되고자 했다

그것은 내가 아는 가장 작고 먹먹한 이름
내 최초의 눈빛이 담긴 호리병

이미 나는 엎질러졌고
몸속엔 바람의 기운이 가득하다

삶 쪽으로 뿌리내리는 연습을 하는 거야
이를테면 더는 잿더미 속에서 얼굴을 뒤적이지

않기
　지하로 향하는 계단을 사랑하고
　창고에 버려진 사물들을 슬픔의 배경인 것처럼
묘사하지 않기

　등 뒤에서 무섭게 자라나는 넝쿨을 본다
　나는 계속 휘청이고 있다

　고작 겨자씨가 되려는 마음이 왜 이렇게 어려운
걸까
　반쪽짜리 폐를 가진 새처럼
　간신히 부풀어 올랐다 가라앉기를 반복하는 하루
의 끝에서

　나에 대해 생각하는 일은 왜 항상

산사태를 동반하고 마는지

*

겨자씨는 고작이 아니야 무척 큰 거야, 라는
말을 들었다

언제고 내가 다시 일으킬 이름
내 최후의 눈빛이 담길 호리병

나는 다시 처음으로 되돌아왔다

결국 여기
결국 마음

메이트

나의 전생은
커다란 식빵 같아

누군가 조금씩 나를 떼어
흘리며 걸어가는 기분

그러다 덩어리째 버려져
딱딱하게 굳어가는 기분

배고픈 개가 킁킁거리며 다가와
이빨로 살살 갉아댈 때까지
나는 있다, 최악이라고는 생각하지 않는다

반갑겠지, 그렇게라도 말을 걸어주어서
심지어 사랑이라고 믿을 수도 있겠지

궁지에 몰렸었다고 말하면 그뿐
나를 속이는 것보다 쉬운 일은 없으니까

처음부터 다시 시작하고 싶어질 때마다
털실 뭉치에 끼워진 코바늘을 생각한다
그건 마치 겁먹은 짐승의 눈을 들여다보는 일 같다

잘 짜이고 싶은 것은 아니야, 그보다는
불안을 사랑하는 쪽이 좋지
살아 있으니까
내 삶에도 주술이 필요했노라고 말하면 그뿐

물주전자가 물을 담기 위해 만들어졌듯
있겠지, 내가 담을 것과 내게 담길 것

때로는 길을 잃기 위해 신발을 신는다

오겠지, 이렇게라도 하지 않으면 안 되는 마음에

진짜 이름을 붙여줄 날

거인의 작은 집

거인에게는 집이 한 채 있네

한 번도 들어가본 적 없는

그 집은 빛으로 둘러싸여 있고

언제나 갓 지은 밥 냄새가 난다네

창틀에 끼어 있는 좁쌀 같은 집

눈을 크게 뜨고 찾아야만 볼 수 있는

 거인은 밤마다 그 집으로 걸어 들어가 몸을 누이
는 상상을 하네

모자처럼 집을 머리에 쓰고 산책하는 꿈을 꾸기도 한다네

그곳은 호수를 품은 집, 호수의 영혼인 듯 헤엄치는 물고기를 바라보며

우리는 어쩌다 여기까지 오게 된 걸까, 너를 보면 은빛이라는 말을 이해하게 될 것 같아

이쪽의 슬픔을 간신히 저쪽으로 옮겨보기도 하는

그러나 아무리 몸을 접어도 발가락 하나 들여놓을 수 없는 집

눈물 한 방울 땀 한 방울에도 허물어지는 집

거인이라고 해서 마음까지 거대한 것은 아니어서

거인에게도 언덕은 언덕이어서

눈앞의 하루를 오르고 또 오르며 작은 집으로 들어갈 수 없는 스스로를 한없이 원망해야만 한다네

창과 방패, 창과 방패, 세상에는 평행선처럼 영원한 것이 아주 많다고

아침은 밤을 삼키고 밤은 다시 아침을 삼키며

떠나고 또 되돌아오는

깃들기 위한 집, 거인이 거인일 때에만 작은 집
일 수 있는 집

실은 집도 간절히 기다리고 있다네, 집의 영혼인
거인을, 매일 환하게 불을 밝혀두고 식탁을 차리네

밸브

열면 하염없이 쏟아지고
닫으면 꼼짝없이 갇히는 몸을 가졌다

여름 내내 한 일이라고는
바닥과 포옹하는 일, 흥건해지는 일,

그렇다 그렇다의 마음으로 살아도
아니다 아니다의 마음은 잡초처럼 자라난다
매미 울음소리를 들을 때마다 혼나는 것 같은 기
분이 들었다

누수를 피할 길은 없다
완벽하게 숨겼다고 생각할 때에도
몇 방울의 나는 발등 위로 떨어지고

나는 나를 자주 들키는 사람
발끝은 언제나 젖어 있다

겨울은 겨울대로 혹독해서 젖은 발을 빠르게 얼
리고
도끼를 든 사람이 찾아와 발을 깨뜨리고 가는 꿈
을 자주 꾼다

겨울 내내 할 일이라고는
춥다고 말하는 일, 창틀에 내려앉는 눈송이 하나
하나에 이름을 붙여주는 일,

나는 다시 녹기를 기다리는 사람이 된다
열어도 닫아도 결국 썩어 들어가는 세계에서

모놀로그

 길목마다 사나운 검은 개가 매여 있다. 이곳엔 나를 받아들여주지 않는 길들이 너무 많아서. 나는 자꾸 서성이는 사람이 된다.

 한 걸음이 한 글자가 되도록. 하루가 한 문장이 되도록. 내가 걸어온 시간이 어딘가로 전송되고 있다는 생각을 하면.

 바닷가 마을에 사는 파란 눈의 아이가 떠오른다. 그 아이가 읽고 있는 책이 나의 삶이었으면 좋겠다.

 방금 전까지 불가사리였고 고래였던 구름은 말한다. 그건 불가능한 믿음이라고. 나는 어떤 결말을 향해 가고 있는 것일까. 구름은 벌써 저만치 흘러가 있고 검은 개를 피해서 걸어보기로 한다. **안녕,낯선사람**을 지나 **극빈관**을 지나 **식탁의목적**을 지나 **놀랄만두하군**을 지나왔다.

그렇게 도착한 곳이 **목동**이라는 이름의 고깃집이라는 사실. 사랑하는 것을 죽여야만 지탱되는 마음이 있다는 것에는 동의하지만. 어쩐지 이 길은 나를 속이는 쪽 같고

길목에는 사나운 검은 개가 매여 있다. 딛고 갈수밖에 없는 것이 시간이라는 생각을 하게 된다.

나는 신에게 편지를 쓰는 기분이 된다. 부디 저를 들여보내주세요. 개가 신이 아닐 이유는 없으나.

검은 개라고 생각하면 검은 개일 뿐이다. 내가 만든 공포가 컹컹 짖는 것을 본다. 개가 신이 아닌 이유를 찾을 때까지.

터닝

손을 달라고 했더니 손인 척 발을 내민다. 살랑살랑 꼬리를 흔들며 나를 골똘히 들여다보는. 너는 머리끝부터 발끝까지 새카만 영혼이구나. 어쩐지 오늘은 개에게까지 나를 들킨 것 같다.

오늘은 바람도 나를 함부로 읽었지. 머리칼이 흩날릴 때 밤송이처럼 후드득 떨어진 내가 있고.

그것은 감춰둔. 겉만 뾰족한 알맹이. 나를 줍기 위해 다가가면 저만치 굴러가버린다.

없다고 믿으면 그만일 조각들이야. 새들이 자유롭다고 말하는 건 인간의 높이에서나 가능한 일이지. 무스*는 초식동물이지만 몸무게가 300킬로그램이나 나간대. 온순한 눈망울과 날카로운 이빨을 동

시에 가진.

　집으로 돌아와 곡차를 끓인다. 물의 색이 변하는 것을 바라보며 나를 둘러싼 세상의 온도를 살핀다. 내가 나여서 우러날 수밖에 없는 시간이 있다고.

　빛을 거느린 사람들이 창밖으로 지나간다. 비밀이야 다시 품으면 될 일. 끓일수록 진해지는 것을 나라고 믿으면 될 일이다.

* 사슴의 한 종류. 말 정도로 큰 동물이지만 덩치에 걸맞지 않게 부드러운 풀을 즐긴다.

망중한

지금부터는 모든 사랑하는 것을 모과라 부르기
로 한다
　모든 모과는 지하로 향하는 계단을 가지고 있고

　계단 끝에는 암실이 있다 암실 문은 잠겨 있지
않지만
　좀처럼 열리는 법이 없다

　계십니까
　대답 대신 누군가 돌아눕는 소리가 들린다
　있다는 것 말고는 아무것도 알 수 없는 세계
　10년을 기른 고양이의 얼굴이 불현듯 생각나지
않던 날처럼

　손바닥 안의 모과는

꼬리를 자르며 모과 밖으로 도망친다

열리지 않는 문 앞에서 독백을 한다
마음을 쏟는 만큼 모과는 익어가지만

분주했던 마음이 방향을 잃고 주저앉은 뒤에야
모과의 검은 발이 보일 때가 있다

가까워지려는 의지만으로도 모과는 반드시 썩는다
당신이 모과 너머를 보기 시작할 때 모과는 이미
모과가 아니다

변속장치

그날의 벤치는 남몰래 발목을 바꿔치기했다
젖은 옷을 말리려다가 실물의 반을 잃었다

요즘
나는 자주 나를 놓친다

막다른 골목을 향해 미친 듯이 내달리는 개들과
도미노처럼 우르르 쓰러지는 가로수

그러나 개들은 언제나 목줄에 묶여 있고
가로수들은 규격을 벗어나 존재한 적이 없다

삶 쪽으로만 향하는 발과 죽음 쪽으로만 향하는 발
내가 잃어버린 것이 어느 쪽일까
저울은 어느 쪽으로도 기울지 않는다

그것이 균형이라면

반신, 아직 돌아오지 못한 나를 위해
언제까지나 시간을 지체하고 있을 수만은 없다

사실에 관한 독법이 있다면
어떤 시간이든 반드시 썩는다는 것

절반에 대한 믿음만으로 식탁에 앉는다
우리는 사라지면서 있다

PIN

015

빚진 마음의 문장—성남 은행동

안희연

에세이

빚진 마음의 문장

―성남 은행동

그곳엔 두고 온 것이 많다. 무엇을 두고 왔냐고 물으면 글쎄, 분명하게 설명할 수는 없지만, 내가 훼손되었다고 느낄 때마다 어김없이 찾아가게 되는 장소가 있다. 때로는 말을 타고 들판을 한없이 달리는 심정으로, 때로는 잠수정을 타고 심해 깊숙이 가라앉는 심정으로 다다르게 되는 곳.

그곳으로 가기 위해서는 우선 '유년'이라는 단어의 문을 열어야 한다. 유년이라는 단어는 문이 많은 단어군群에 속한다. 누구든 쉽게 열 수 있지만 막상

열고 나면, 과자통 속의 스프링 인형처럼 의외의 변수가 튀어나올 때가 많다. 그래서일까. 나도 아직 정중앙에 있는 문은 열어볼 엄두를 못 내고 있다.

그중 가장 익숙한 문을 열면 '성남 은행동'에 도착한다. 나는 그곳에서 태어났고 초등학교 입학 전까지의 시간을 보냈다. 그곳에서의 시간은 직선으로 흐르지 않고 토막 난 생선처럼 듬성듬성 잘려 있다. 이를테면 이런 풍경들이다. 아마도 네다섯 살 무렵이었을 것이다. 나는 할머니 손을 잡고 집 근처 시장에 가는 것을 좋아했다. 시장 골목은 좁고 복잡했으며 바닥은 늘 물기로 축축했다. 신발이 더러워질까 물웅덩이를 피해 폴짝폴짝 뛰어다녀야 했지만 그곳은 눈이 휘둥그레지도록 낯선 아름다움으로 가득했다. 그중에서도 할머니가 어김없이 들르는 곳이 있었다. 천장에 연결된 은빛 고리에는 붉고 축축한 덩어리들이 줄지어 걸려 있고 바닥에 깔린 '고무 다라이'에는 검붉고 물컹한 것이 담겨 있었다. 할머니가 손짓을 하면 주인은 은색 '스뎅 그릇'으로 그것을 푹 푹 퍼서 검은 비닐봉지에 담아주었다. 그날 식탁에는 김이 모락모락 나는 국이 올라왔다. 그것이 짐승의 피였음을 안 것은 그로부터 한참 뒤의 일이지만.

시간의 부침을 겪으면서도 내가 여전히 꼬옥 쥐고 있는 손. 할머니 없이는 나의 어떤 이야기도 시작될 수 없다. '할머니'라는 단어의 문을 열면, 성남 은행 주공아파트 베란다 가까이 앉아 먼 데 시선을 두고 있는 할머니의 뒷모습이 보인다. 5 대 5 가르마를 타서 정갈하게 쪽 찐 머리, 분신 같은 반짇고리와 녹슨 가위, 늘 한쪽 무릎을 세우고 앉은 자세, 거동이 불편해도 절대로 남에게 벗은 몸을 보이려하지 않는 깔끔한 성미까지. 하루의 절반 이상을 창밖 보는 일로 보내던 할머니. 집에 도둑이 들어 엄마의 패물을 다 가져가도록 아무 소리도 듣지 못하는 할머니. 오려진 사람 같던 할머니. 자식을 앞세워 보내고 눈과 귀가 완전히 멀어버린 할머니. 면벽하는 할머니. 그렇게 백수를 사시고 세상이 온통 하얗게 변한 날 몸 밖으로 팔랑팔랑 걸어 나가는 할머니⋯⋯. 할머니는 그 모든 시간들을 어떤 마음으로 지나왔을까. 언젠가는 할머니라는 우주 속으로 걸어 들어가게 되는 날이 올까. 할머니라는 단어의 문을 열면 어김없이 팽팽한 줄다리기가 시작된다. 한쪽에는 가장 천진한 행복이, 다른 한쪽에는 가장 커다란 죄책감이 소리 없이 싸우고 있다.

또 다른 유년의 문을 열면 이런 장면에 도착한다. 파라솔이 끝없이 도열해 있는 한여름의 바닷가. 열 살가량 되어 보이는 나는 선글라스를 가져다줄 수 있겠냐는 엄마의 부름을 받고 잠시 물 밖으로 나갔다가 이쪽의 파라솔도, 저쪽의 엄마도 찾지 못한 채 모래사장을 두리번거리며 울고 있다. 착한 아저씨의 도움으로 미아보호소에 맡겨지기는 했으나 거듭 방송을 해도 나를 찾으러 오는 사람이 없을 때. 내 옆에서 같이 울던 아이가 나보다 먼저 엄마 품에 안겨 나갈 때. 내가 잠시 고아였던 순간. 그때 나는 태어나 처음으로 공포라는 단어의 속살을 만져본 것 같다.

이런 기억들이라면 끝없이 나열할 수 있다. 유년이라는 단어가 거느린 숱한 문들 가운데 겨우 몇 개를 열어보았을 뿐인데 거대한 쓰나미가 지나간 것처럼 마음이 쓰려온다. 왜냐하면, 그 문을 열어본 적이 있기 때문에 이제 나는 그 풍경으로부터 비롯된 문장을 적을 수 있게 되었기 때문이다. '나는 짐승의 피를 받아먹고 자랐다.' '나는 누군가 오려진 자리를 보고 있다.' '나는 여름 해변에서 고아가 된다.' 저 문장들은 사실이기도 사실이 아니기도 하지만, 어느 쪽이든 삶과 연결된 손으로 쓴 것이며 시간에 빚진 마음이 드는 건 마찬가지다.

나는 유년이라는 단어 하나가 거느린 세계가 이토록 거대하다는 사실에 매번 놀란다. 한 단어가 거느린 숱한 고리와 고리와 고리, 그 끝을 계속해서 따라가다 보면 갈고리에 걸린 채 대롱대롱 매달려 있는 나 자신을 반드시 마주하게 된다. 비단 유년이라는 단어뿐일까. 한 단어의 문을 연다는 것은 지금껏 발 들여놓은 적 없는 세계로 건너가는 일, 마음

을 더는 안전한 곳에 둘 수 없는 일, 추락하기 좋은
자세를 배우는 일과도 같다.

*

　'여름'이라는 단어 속에는 얼마나 많은 적의가 감
춰져 있는가. 그게 아니라면 풀과 나무들이 저토록
맹렬하게 자라날 수는 없다.

　'딛다'라는 단어 속에는 얼마나 아픈 엎드림의 자
세가 있는가. 한 인간을 담장 밖으로 내보내기 위해
서는 자신의 등을 밟고 가라고 끄덕이는 눈빛이 있
었을 것이다. 담장 안이 불타고 있다면 더더욱.

　'밤'이라는 단어는 땅속에 묻어둔 구슬 같다. 손
을 더럽히지 않으면 꺼낼 수 없다. 손을 더럽히더라
도 꺼낼 수 없다. 그건 구슬이 아니라 밤의 눈동자.
밤이라는 짐승의 눈.

'헤아리다'라는 단어는 눈먼 마음을 더듬을 때 쓰는 말이다. 만질 수 없는 것을 만지고, 알 수 없는 것을 알려 할 때. 우리에게 필요한 것은 손전등이 아니라 어둠에 익숙해질 시간이다.

'비롯'이라는 단어는 어떤가. 먼 나라의 왕처럼 대군을 거느리고 있지는 않은가. 전생에서 내생에 걸친 거대한 도미노 놀이는 벌써 시작되었으니.

*

이런 생각들을 매일 차곡차곡 쌓으며 살다 보니 늘 머리가 무거울 수밖에 없다. 어떤 생각들은 꿈까지 침범해 대체 내게 무의식이라는 게 있는 건가 의심하게 만든다. 내가 어떤 죄책감에 시달릴 때, 꿈은 나에게 이런 장면을 보여준다. 이불에 오줌을 싸서 발을 동동 구르고 있는 나. 밖으로 나가고 싶은데 방문 앞엔 사람들이 탑처럼 쌓여 있고 문을 열려고 하면 장작더미가 허물어지듯 사람들이 우르르 굴러떨어지는 풍경. 몇 번이고 그 장면을 반복하고 있노라면 잠 속에서도 '아, 이거 꿈이구나' 알아채는 순간이 있다. 시를 쓸 때 가장 경계하는 건 바로 그런 순간들이다.

하루는 머릿속을 텅 비울 요량으로 극장엘 갔다. 수천 명의 사람들이 하릴없이 서로를 죽고 죽이는 영화였다. 모두가 꽤 볼만한 블록버스터라고 입을 모아 칭찬하는데 나만 홀로 엉엉 울다 나왔다. 저 하릴없이 죽은 자들 한 사람 한 사람의 가족, 친지, 직장 동료가 줄줄이 소시지처럼 떠오르고, 그들이 감당해야 할 죽음의 무게, 죄의식과 절망, 그 절망이 낳은 자식의 자식들까지 또 줄줄이 소시지처럼 떠올라서…….

'사람'이라는 단어 속으로, '목숨'이라는 단어 속으로 걸어 들어가는 중이었다.

*

그러니까 이 모든 건 내 몸속을 돌아다니는 두더지 한 마리로부터 시작된 일 같다. 그 녀석 나름으로는 길을 내려고 안간힘을 쓰는 것일 텐데 나는 갉아먹히고 있다고, 훼손되어간다고 느낀다. 그 고통은 실질적인 통증으로 오기도 하고 추상적인 감정으로 오기도 한다. 그러나 어떤 풍경 앞에서 내 존재가 부정당한 것 같다는 느낌이 들 때, 나를 들킨 것 같고 얼굴이 주룩주룩 흘러내리고 발이 쇳덩어리처럼 무거워 도무지 걸을 힘이 나지 않을 때. 이쪽의 나 역시 두더지와 다를 바 없다는 생각을 지울 수 없다. 나 역시도 나를 가둔 세계에서 어떻게든 길을 만들어보려고 안간힘을 쓰고 있지 않은가. 집으로 돌아오는 골목이 나날이 캄캄해지는 이유, 매일의 소매며 손톱이 자꾸만 새카매지는 이유를 우리는 모르지 않는다.

그래서 요즘은 나를 둘러싼 세계를 되도록 멀리

서 바라보고자 애쓴다. 조금씩 뒤로 뒤로 걸어가 지구가 잘 보이는 곳에 의자를 내려놓고 앉아 있으려는 노력을 지속하고 있다. 한 인간 존재가 먼지보다 작은 것임을 골똘히 들여다보며 태초의 시간을 상상해보기도 한다. 시간은 참으로 까다로운 성미를 가졌다. 시간은 우리의 모든 것을 일으킬 수도 허물어뜨릴 수도 있다. 그렇다면 시간은 언제 괴물이 되고, 어떻게 괴물이 되지 않을 수 있는가.

시를 쓰는 일은 괴물이 되려는 시간을 주저앉혀 가만가만 달래는 일이라고 나는 믿고 있다. 그렇기에 '괴물'이라는 단어의 문을 열면 연둣빛 새싹 하나가 빼꼼 고개를 내미는 것일 테다.

*

한 단어의 문을 열고, 단어가 거느린 세계를 낯설게 두리번거리며, 내가 거기 무엇을 두고 왔는지 생각하는 일. 그 과정에서 가장 많이 속는 사람은 물론 나 자신이다. 값싼 패키지여행에서처럼, 점심에는 앞문으로 저녁에는 뒷문으로 다른 간판을 매달고 시치미를 떼는 식당에 앉아 있는 기분이 들 때가 많다. 사실은 그 어떤 문도 제대로 열어본 적이 없음을 깨달았을 때. 내게 시를 쓸 자격이 있는지 자문하게 된다.

그러나 그런 자격은 언제 어떻게 생겨나는 것일까. '자격'이라는 단어의 문을 열면, 갓 태어나 눈도 제대로 못 뜨는 어린 생명들이 종이 상자 안에서 꿈틀거리고 있을 것만 같다. 시작된 이상 무조건적으로 지속되는 것이 삶이라는 말일 것이다. 누구나 다 그런 마음으로 살고 있다고. 너라고 예외일 수는 없다고.

그러니 세상에 존재하는 모든 단어의 문을 열어보는 쪽으로 나의 시가 움직였으면 좋겠다. 아직 열지 못한 수많은 단어들의 문도 언젠가는 열 수 있었으면 좋겠다. 두고 온 것이 많다는 건 시간에 빚진 마음이 많다는 뜻. 빚진 마음은 반드시 문장이 되게 되어 있다.

밤이라고 부르는 것들 속에는

지은이 안희연
펴낸이 김영정

초판 1쇄 펴낸날 2019년 3월 25일
초판 5쇄 펴낸날 2024년 5월 7일

펴낸곳 (주)현대문학
등록번호 제1-452호
주소 06532 서울시 서초구 신반포로 321(잠원동, 미래엔)
전화 02-2017-0280
팩스 02-516-5433
홈페이지 www.hdmh.co.kr

ISBN 978-89-7275-962-1 04810
      978-89-7275-959-1 (세트)

* 책값은 뒤표지에 있습니다.

현대문학 핀 시리즈 시인선 —————